나 하늘로 돌아가리라

한 국 대 표
명 시 선
1 0 0

천 상 병

나 하늘로 돌아가리라

시인생각

나의 시는 비교적 수월케 씌어진다. 그것은 평소에 머릿속에 시 생각이 가득 차 있어서, 펜을 들면 수월케 시가 되는 것이다.

평소가 문제다. 나는 사시사철 시를 생각하고 있으므로 그런 것이다. 시는 언제나 생각해야 하는 것이다.

여기에 모은 시들은 내가 사랑하는 시들이다. 독자들은 그것을 잊지 말아주기 바란다.

나의 처녀시 「강물」이 1950년대, 유일한 문학지였던 ≪문예≫에 추천되었을 때 나는 요새 말로 하면 고등학교 3학년 때였다.

비교적 일찍이 시를 쓴 셈이다. 그 당시 나의 국어 선생님인 시인 김춘수 선생님을 나는 많이 따랐고, 독서광인 나는 자연히 시인이 되고 싶어졌던 것이다.

고등학교 3학년 무렵에 추천이 되고 해서 비교적 일찍 문학에 눈뜬 나는 대학교 2학년 때 추천을 마쳤다. 1952년이었다.

그래서 그때부터 문단에 등단하여 신문이나 잡지에 나의 글이 실린 것이다. 시가 본도本道고 평론은 부업이었다.

그러다가 나는 대학을 4학년 1학기를 마치고 각처에 취직을 하여 돈을 벌고 생계하였다. 그러다가 발표한 시집이 『새』가 되었다.

내 시 작품은 간단하다. 그리하여 여기 모은 시들은 새로 쓴 것 외에 그동안 발간된 시집에서 대표적인 시를 모은 것이다. 대체로 좋은 시를 골랐다고 생각되어 진다.

독자들이여, 내 37년의 공덕이니 제발 따스하게 읽어주기 바란다. 여러분들의 도움을 빈다. 시는 마음이다. 마음을 잘 쓰면 안 되는 일이 없는 것이다.

나의 첫 시집 『새』와 둘째 시집 『주막에서』 셋째 시집 『천상병은 천상 시인이다』 등의 시에서 뽑고 최근 쓴 시들도 포함되어 있다.

나의 제4시집인 이 책이 많은 지지를 받기 바란다.

1987년 5월

천 상 병

<제4시집『저승 가는 데도 여비가 든다면』서문>

3

1

귀천

나 하늘로 돌아가리라
새벽빛 와 닿으면 스러지는
이슬 더불어 손에 손을 잡고,

나 하늘로 돌아가리라
노을빛 함께 단 둘이서
기슭에서 놀다가 구름 손짓하면은,

나 하늘로 돌아가리라
아름다운 이 세상 소풍 끝내는 날
가서, 아름다웠더라고 말하리라……

소릉조小陵調
— 70년 추석에

아버지 어머니는
고향 산소에 있고

외톨박이 나는
서울에 있고,

형과 누이들은
부산에 있는데

여비가 없으니
가지 못한다.

저승 가는 데도
여비가 든다면

나는 영영
가지도 못하나?

생각노니, 아,
인생은 얼마나 깊은 것인가.

갈대

환한 달빛 속에서
갈대와 나는
나란히 소리 없이 서 있었다.

불어오는 바람 속에서
안타까움을 달래며
서로 애터지게 바라보았다.

환한 달빛 속에서
갈대와 나는
눈물로 젖어 있었다.

강물

강물이 모두 바다로 흐르는 그 까닭은
언덕에 서서
내가
온종일 울었다는 그 까닭만은 아니다.

밤새
언덕에 서서
해바라기처럼 그리움에 피던
그 까닭만은 아니다.

언덕에 서서
내가
짐승처럼 서러움에 울고 있는 그 까닭은
강물이 모두 바다로만 흐르는 그 까닭만은 아니다.

주막에서

— 도끼가 내 목을 찍은 그 훨씬 전에 내 안에서
죽어간 즐거운 아기를(장 주네)

골목에서 골목으로—
거기 조그만 주막집.
할머니 한 잔 더 주세요.
저녁 어스름은 가난한 시인의 보람인 것을……
흐리멍텅한 눈에 이 세상은 다만
순하기 순하기 마련인가.
할머니 한 잔 더 주세요.
몽롱하다는 것은 장엄하다.
골목 어귀에서 서툰 걸음인 양
밤은 깊어 가는데,
할머니 등 뒤에
고향의 뒷산이 솟고
그 산에는
철도 아닌 한겨울의 눈이 펑펑 쏟아지고 있는 것이다.
그 산 너머
쓸쓸한 성황당 꼭대기,
그 꼭대기 위에서
함빡 눈을 맞으며, 아기들이 놀고 있다.
아기들은 매우 즐거운 모양이다.
한없이 즐거운 모양이다.

편지

점심을 얻어먹고 배부른 내가
배고팠던 나에게 편지를 쓴다.

옛날에도 더러 있었던 일,
그다지 섭섭하진 않겠지?

때론 호사로운 적도 없지 않았다.
그걸 잊지 말아주기 바란다.

내일을 믿다가
이십 년!

배부른 내가
그걸 잊을까 걱정이 되어서

나는
자네한테 편지를 쓴다네.

진혼가

― 저쪽 죽음의 섬에는 내 청춘의 무덤도 있다
(니이체)

태고적 고요가
바다를 딛고 있는
그곳.

안개 자욱이
석웃불처럼 흐르는
그곳.

인적 없고
후미진
그곳.

새 무덤,
물결에 씻긴다.

피리

피리를 가졌으면 한다
달은 가지 않고
달빛은 교교히 바람만 더불고—
벌레 소리도 죽은 이 밤
내 마음의 슬픈 가락에 울리어 오는
아! 피리는 어느 곳에 있는가
옛날에는
달 보신다고 다락에선 커다란 잔치
피리 부는 악관이 피리를 불면
고운 궁녀들 춤을 추었던
나도 그 피리를 가졌으면 한다
볼 수가 없다면은
만져라도 보고 싶은
이 밤
그 피리는 어느 곳에 있는가.

공상

기어이 스며드는 것

절벽 위에서
아슬한 그 절벽 위에서
아!
저 화원입니다.
저 처녀입니다.
— 붉고 푸르고 누른 내 마음의 마차여
오늘은 또 어드메로 소리도 없이
나를 끌고 가는가

다음

멀잖아 북악에서 바람이 불고
눈을 날리며, 겨울이 온다.

그날, 눈 오는 날에
하얗게 덮인 서울의 거리를
나는 봄이 그리워서 걸어가고 있을 것이다.

아무것도 없어도
나에게는 언제나
이러한 '다음'이 있었다.
이 새벽, 이 '다음'
이 절대한 불가항력을
나는 내 것이라 생각한다.

이윽고, 내일
나의 느린 걸음은
불보다도 더 뜨거운 것으로 변하여

나의 희망은
노도怒濤보다도 바다의 전부보다도

더 무거운 무게를 이 세계에 줄 것이다.

그러므로, 이 '다음'은
눈 오는 날의 서울 거리는
나의 세계의 바다로 가는 길이다.

2

갈매기

갈매기의 그리움이
갈매기로 하여금
구름이 되게 하였다.

기꺼운 듯
푸른 바다의 이름으로
흰 날개를 하늘에 묻어 보내어

이제 파도도
빛나는 가슴도
구름을 따라 먼 나라로 흘렀다.

그리하여 몇 번이고
몇 번이고
날아오르는 자랑이었다.

아름다운 마음이었다.

무명

뭐라고
말할 수 없이
저녁놀이 져가는 것이었다.

그 시간과 밤을 보면서
나는 그때
내일을 생각하고 있었다.

봄도 가고
어제도 오늘 이 순간도
빨가니 타서 아, 스러지는 놀빛.

저기 저 하늘을 깎아서
하루빨리 내가
나의 무명을 적어야 할 까닭을,

나는 알려고 한다.
나는 알려고 한다.

나무

　사람들은 모두 그 나무를 죽은 나무라고 그랬다. 그러나 나는 그 나무가 죽은 나무는 아니라고 그랬다. 그 밤 나는 꿈을 꾸었다.

　그리하여 나는 그 꿈속에서 무럭무럭 푸른 하늘에 닿을 듯이 가지를 펴며 자라가는 그 나무를 보았다.

　나는 또다시 사람을 모아 그 나무가 죽은 나무는 아니라고 그랬다.

　그 나무는 죽은 나무가 아니다.

오후

그날을 위하여
오후는
아무 소리도 없이……

귀를 기울이면
그래도
나는 나의 어머니를 부르며
울고 있다.

멀리 가까이
떠도는 하늘에
슬픔은 갈매기처럼
날아가곤 날아가곤 한다.

그것은
그 어느 날의 일이었단다.
그 어느 날의 일이었단다.

그리하여
고요한 오후는

물과 같이 나에게로 와서
나를 울리는 것이다.

귀를 기울이면
어머니를 부르는
소리가 들려온다.

푸른 것만이 아니다

저기 저렇게 맑고 푸른 하늘을
자꾸 보고 또 보고 보는데
푸른 것만이 아니다.

외로움에 가슴 조일 때
하염없이 잎이 떨어져 오고
들에 나가 팔을 벌리면
보일듯이 안 보일듯이 흐르는
한 떨기 구름

3월 4월 그리고 5월의 신록
어디서 와서 달은 뜨는가
별은 밤마다 나를 보던가.

저기 저렇게 맑고 푸른 하늘을
자꾸 보고 또 보고 보는데
푸른 것만이 아니다.

등불

저 조그마한 불길 속에
누가 타오른다.
아프다고 하다. 뜨겁다고 한다. 탄다고 한다.
허리가 다리가 뼈가 가죽이 재가 된다.
저 사람은 내가 모르는 사람이다.
어디서 만난 사람이다.
아, 나의 얼굴
코도 입도 속의 살도
폐가, 돌 모두가
재가 되어진다.

어두운 밤에

수만 년 전부터
전해 내려온 하늘에
하나, 둘, 셋, 별이 흐른다.

할아버지도
아이도
다 지나갔으나
한 청년이 있어 시를 쓰다 잠든 밤에……

나의 가난은

오늘 아침을 다소 행복하다고 생각는 것은
한 잔 커피와 갑 속의 두둑한 담배,
해장을 하고도 버스값이 남았다는 것.

오늘 아침을 다소 서럽다고 생각는 것은
잔돈 몇 푼에 조금도 부족함이 없어도
내일 아침 일도 걱정해야 하기 때문이다.

가난은 내 직업이지만
비쳐 오는 이 햇빛에 떳떳할 수가 있는 것은
이 햇빛에서도 예금통장은 없을 테니까….

나의 과거와 미래
사랑하는 내 아들딸들아,
내 무덤가 무성한 풀섶으로 때론 와서
괴로웠음 그런대로 산 인생 여기 잠들다. 라고,
씽씽 바람 불어라 ……

김관식의 입관

심통한 바람과 구름이었을 게다. 네 길잡이는.
고단한 이 땅에 슬슬 와서는
한다는 일이
가슴에서는 숱한 구슬.
입에서는 독한 먼지.
터지게 토해 놓고,
오늘은 별일 없다는 듯이
싸구려 관 속에
삼베옷 걸치고
또 슬슬 들어간다.
우리가 두려웠던 것은,
네 구슬이 아니라,
독한 먼지였다.
좌충우돌의 미학은
너로 말미암아 비롯하고,
드디어 끝난다.
구슬도 먼지도 못 되는
점잖은 친구들아,
이제는 당하지 않을 것이니
되레 기뻐해다오.
김관식의 가을바람 이는 이 입관을.

회상 1

아름다워라, 젊은 날 사랑의 대꾸는
어딜 가?
어딜 가긴 어딜 가요?

아름다워라, 젊은 날 사랑의 대꾸는
널 사랑해!
그래도 난 죽어도 싫어요!

눈 오는 날 사랑은 쌓인다.
비 오는 날 세월은 흐른다.

3

새

저 새는 날지 않고 울지 않고
내내 움직일 줄 모른다.
상처가 매우 깊은 모양이다.
아시지의 성 프란체스코는
새들에게
은총설교를 했다지만
저 새는 그저 아프기만 한 모양이다.
수백 년 전 그날 그 벌판의 일몰과 백야는
오늘 이 땅 위에
눈을 내리게 하는데
눈이 내리는데……

새 2

외롭게 살다 외롭게 죽을
내 영혼의 빈터에
새날이 와, 새가 울고 꽃잎 필 때는,

내가 죽는 날
그 다음 날.

산다는 것과
아름다운 것과
사랑한다는 것과의 노래가
한창인 때에
나는 도랑과 나뭇가지에 앉은
한 마리 새.

정감에 그득찬 계절
슬픔과 기쁨의 주일,
알고 모르고 잊고 하는 사이에
새여 너는
낡은 목청을 뽑아라.

살아서
좋은 일도 있었다고
나쁜 일도 있었다고
그렇게 우는 한 마리 새.

새 3

가지에서 가지로
나무에서 나무로
저 하늘에서
이 하늘로

아니 저승에서 이승으로

새들은 즐거이 날아오른다.

맑은 날이나 궂은 날이나
대자대비처럼
가지 끝에서
하늘 끝에서……

저것 보아라
오늘따라
이승에서 저승으로
한 마리 새가 날아간다.

새

— 아폴로에서

참으로 오랜만에 음악을 듣는 것이다. 내 마음의 빈터에 햇살이 퍼질 때, 슬기로운 그늘도 따라와 있는 것이다. 그늘은 보다 더 짙고 먹음직한 빛일지도 모른다.

새는 지금 어디로 갔을까? 골짜구니를 건너고 있을까? 내 마음 온통 세내어 주고 외국여행을 하고 있을까?

돌아오라 새여! 날고 노래하기 위해서가 아니고! 이 그늘의 외로운 찬란을 착취하기 위하여!

무명전사戰死

지난날엔 싸움터였던
흙더미 위에 반듯이 누워
이즈러진 눈으로 그대는
그래도 맑은 하늘을 우러러보는가

구름이 가는 저 하늘 위의
그 더 위에서 살고 계신
어머니를 지금 너는 보는가

썩어서 흐무러진 살
그 살의 무게는
너를 생각하는 이 시간
우리들의 살의 무게가 되었고

온몸이 남김없이
흙 속에 묻히는 그때부터
네 뼈는
영원의 것의 뿌리가 되어지리니

밤하늘을 타고

내려오는 별빛이
그 자리를 수억만 번 와서 씻은 뒷날 새벽에
그 뿌리는 나무가 되고
숲이 되어
네가
장엄한 산령을 이룰 것을 나는 믿나니

── 이 몸집은
저를 잊고
이제도 어머니를 못 잊은 아들의 것이다.

곡哭 신동엽

어느 구름 개인 날
어쩌다 하늘이
그 옆얼굴을 내어보일 때,

그 맑은 눈
한 곬으로 쏠리는 곳
네 무덤 있거라.

잡초 무더기
저만치 가장자리에
꽃, 그 외로움을 자랑하듯

신동엽!
꼭 너는 그런 사내였다.

아무리 잠깐이라지만
그 잠깐만 두어두고
너는 갔다.

저쪽 저
영광의 나라로!

국화꽃

오늘만의 밤은 없었어도
달은 떴고
별은 반짝였다.

괴로움만의 날은 없어도
해는 다시 떠오르고
아침은 열렸다.

무심만이 내가 아니라도
탁자 위 컵에 꽂힌
한 송이 국화꽃으로
나는 빛난다!

한낮의 별빛
― 새

돌담 가까이
창가에 흰 빨래들
지붕 가까이
　애기처럼 고이 잠든
　한낮의 별빛을 너는 보느냐……

슬픔 옆에서
지겨운 기다림
사랑의 몸짓 옆에서
　맴도는 저 세상 같은
　한낮의 별빛을 너는 보느냐……

물결 위에서
바윗덩이 위에서
사막 위에서
　극으로 달리는
　한낮의 별빛을 너는 보느냐……

새는
온갖 한낮의 별빛계곡을 횡단하면서
울고 있다.

그날은

— 새

이젠 몇 년이었는가
아이론 밑 와이셔츠같이
당한 그날은……

이젠 몇 년이었는가
무서운 집 뒤창가에 여름 곤충 한 마리
땀 흘리는 나에게 악수를 청한 그날은……

내 살과 뼈는 알고 있다.
진실과 고통
그 어느 쪽이 강자인가를……

내 마음 하늘
한편 가에서
새는 소스라치게 날개 편다.

불혹의 추석

침묵은 번갯불 같다며,
아는 사람은 떠들지 않고
떠드는 자는 무식이라고
노자께서 말했다.

그런 말씀의 뜻도 모르고
나는 너무 덤볐고,
시끄러웠다.

혼자의 추석이
오늘만이 아니건마는
더 쓸쓸한 사유는
고칠 수 없는 병 때문이다.

막걸리 한 잔,
빈촌 막바지 대폿집
찌그러진 상 위에 놓고,
어버이의 제사를 지낸다.

다 지내고

음복을 하고
나이 사십에,
나는 비로소
나의 길을 찾아간다.

4

들국화

산등선 외따른데,
애기 들국화

바람도 없는데
괜히 몸을 뒤누인다.

가을은
다시 올 테지.

다시 올까?
나와 네 외로운 마음이,
지금처럼
순하게 겹친 이 순간이—

눈

고요한데 잎사귀가 날아와서
네 가슴에 떨어져 간다

떨어진 자리는
오목하게 파인

그 순간 앗 할 사이도 없이
네 목숨을 내보내게 한
상처 바로 옆이다

거기서 잎사귀는
지금 일심으로
네 목숨을 들여다보며 너를 본다

자꾸 바람이 불어오고
또 불어오는데
꿈쩍 않고 상처를 지키는 잎사귀

그 잎사귀는 눈이다 눈이다
맑은 하늘의 눈 우리들의 눈 분노의
너를 부르는 어머니의 눈물어린 눈이다

수락산변水落山邊

풀이 무성하여, 전체가 들판이다.
무슨 행렬인가 푸른나무 밑으로.
하늘의 구름과 질서 있게 호응한다.

일요일의 대열은 만리장성이다.
수락산정으로 가는 등산행객.
막무가내로 가고 또 간다.

기후는 안성맞춤이고,
땅에는 인구.
하늘에는 송이구름.

수락산하변 水落山下邊

하늘은 천국의 메시지.
구름은 번역사.
내일은 비다.

수락산은, 불쾌하게 돌아앉았다
등산객은 일요일의 군중.
수목은 지상의 평화.

초가는 농가의 상징
서울 중심가는 약 한 시간.
여기는 그저 태평천하다.

나는 낮잠 자기에 일심一心이다.
꿈에서 메시지를 번역하고.
용이 한 마리, 나비가 된다.

봄소식

입춘이 지나니 훨씬 덜 춥구나!
겨울이 지나고 봄 같으니
달력을 아래위로 쳐다보기만 한다.

새로운 입김이며,
그건 대지의 작란作亂인가!
꽃들도 이윽고 만발하리라.

아슴푸레히 반짝이는 태양이여.
왜 그렇게도 외로운가.
북극이 온지대가 될 게 아닌가

동창

지금은 다 뭣들을 하고 있을까?
지금은 얼마나 출세를 했을까?
지금은 어디를 걷고 있을까?

점심을 먹고 있을까?
지금은 이사관이 됐을까?
지금은 가로수 밑을 걷고 있을까?

나는 지금 걷고 있지만,
굶주려서 배에서 무슨 소리가 나지마는
그들은 다 무엇들을 하고 있을까?

낚시꾼

일심으로 찌를 본다.
열심히 보는 찌는 꽃과 같다.
언제 나비처럼 고기가 올까?

조용하디조용한 강가
아무도 안 보는 데서
나는 정신의 호흡을 쉴 줄 모른다.

드디어 찌가 움찔 하더니
나는 고기 한 마리의 왕
승리한 양 나는 경치를 본다

비 8

백두산 천지에는
언제나 비가 쏟아진다더냐……
단군 할아버지께서 우산을 쓰셨겠다.

압록강의 원류가 큰소리를 칠 것이니
정암頂岩이 소용돌이를 쳐
범조차 그 공포에 흐늘흐늘일 것이다.

백운을 읊는 고전시는 있어도,
이 산을 읊는 고전시는 없었다.
그러니 내가 읊는 수 밖에 없지 않느냐.

비 10

이 비는 무적함대
나는 그 사령관인양 바다를 호령하여,
승리를 위하여 만전을 다한다.

실지로는 우산을 받치고 길을 가지마는.
옆가의 건물들이 군함으로 보이고,
제독은 외로이 세상을 감시한다.

가로수들이 마스트로 보이고
그 잎잎들이 신호기이니,
천하만사가 하느님 섭리대로 나부낀다.

덕수궁의 오후

나뭇잎은 오후, 멀리서 한복의 여자가 손을 들어 귀를 만
진다.
그 귓밑 볼에 검은 혹이라도 있으면
그것은 섬들에 떨어진 작은 꽃이파리
그늘이 된다.

구름은 떠 있다가
중화전의 파풍破風에 걸리더니 사라지고, 돌아오지 않는다.

이 잔디 위와 사도沙道
다시는 못 볼 광명이 되어
덤덤히 섰는 솔나무에 미안한 나의 병,
내가 모르는 지나가는 사람에게 인사를 한다.

어리석음에 취하여 술도 못 마신다.
연못가로 가서 돌을 주어 물에 던지면,
끝없이 떨어져 간다.

솔나무 그늘 아래 벤치,

나는 거기로 가서 앉는다.

그러면 졸음이 와 눈을 감으면,
덕수궁 전체가 돌이 되어 맑은 연못물 속으로 떨어진다.

5

희망

내일의 정상을 쳐다보며
목을 뽑고 손을 들어
오늘 햇살을 간다.

한 시간이 아깝고 귀중하다.
일거리는 쌓여 있고
그러나 보라 내일의 빛이
창이 앞으로 열렸다.
그 창 그 앞 그 하늘!
다만 전진이 있을 따름!

하늘 위 구름송이 같은 희망이여!
나는 동서남북 사방을 이끌고
발걸음도 가벼이 내일로 간다 .

한 가지 수원

나의 다소 명석한 지성과 깨끗한 영혼이
흙 속에 묻혀 살과 같이
문드러지고 진물이 나 삭여진다고?

야스퍼스는
과학에게 그 자체의 의미를 물어도
절대로 대답하지 못한다고 했는데―

억지밖에 없는 엽전 세상에서
용케도 이때껏 살았나 싶다.
별다른 불만은 없지만,

똥걸레 같은 지성은 썩어 버려도
이런 시를 쓰게 하는 내 영혼은
어떻게 좀 안 될지 모르겠다.

내가 죽은 여러 해 뒤에는
꼭 쥔 십 원을 슬쩍 주고는
서울길 밤버스를 내 영혼은 타고 있지 않을까?

유리창

창은 다 유리로 되지만
내 창에서는
나무의 푸른 잎이다.

생기 활발한 나뭇잎
하늘을 배경으로
무심하게도 무성하게 자랐다.

때로는 새도 날으고
구름이 가고
햇빛 비치는 이 유리창이여—

한낮이 별빛
― 새

돌담 가까이
창가에 흰 빨래들
지붕 가까이
　애기처럼 고이 잠든
　한낮의 별빛을 너는 보느냐……

슬픔 옆에서
지겨운 기다림
사랑의 몸 짓 옆에서
　맴도는 저 세상 같은
　한낮의 별빛을 너는 보느냐……

물결 위에서
바윗덩이 위에서
사막 위에서
　극으로 달리는
　한낮의 별빛을 너는 보느냐……

새는
온갖 한낮의 별빛 계곡을 횡단하면서
울고 있다.

청녹색

하늘도 푸르고
바다도 푸르고
산의 나무들은 녹색이고
하나님은 청녹색을
좋아하시는가 보다.

청녹색은
사람의 눈에 참으로
유익한 빛깔이다.
이 유익한 빛깔을
우리는 아껴야 하리.

이 세상은 유익한 빛깔로
채워야 하는데
그렇지 못하니
안타깝다.

넋

넋이 있느냐 없느냐, 라는 것은,
내가 있느냐 없느냐고 묻는 거나 같다.
산을 보면서 산이 없다고 하겠느냐?
나의 넋이여
마음껏 발동해다오.
내 몸의 모든 움직임은,
바로 내 넋의 발동일 것이니
내 몸은 바로 넋의 가면이다.
비 오는 날 내가 다소 우울해지면,
그것은 즉 넋이 우울하다는 것이다.
내 넋을 전 세계로 해방하여
내 넋을 널찍하게 발동케 하고 싶다.

삼청공원에서
— 어머니 가시다

1

서울에서 제일 외로운 공원으로 서울에서 제일 외로운 사나이가 왔다. 외롭다는 게 뭐 나쁠 것도 없다고 되뇌이면서……이맘때쯤이 그곳 벚나무를 만발하게 하는 까닭을 사나이는 어렴풋이 알 것만 같았다. 벚꽃 밑 벤치에서 만산滿山을 보듯이 겨우 의젓해지는 것이다. 쓸쓸함이여, 아니라면 외로움이여, 너에게도 가끔은 이와 같은 빛 비치는 마음의 계절은 있다고, 그렇게 노래할 때도 있다고, 말 전해다오.

2

저 벚꽃잎 속에는 십여 년 전 작고하신 아버지가 생전의 가장 인자했던 모습을 하고 포즈를 취하고 있고, 여섯에 요절한 조카가, 갓 핀 어린 꽃잎 가에서 파릇파릇 웃고 있는 것이다. 어머니, 어머니는 어디 계세요……

기쁨

친구가 멀리서 와,
재미있는 이야길 하면
나는 킬킬 웃어 제킨다.

그때 나는 기쁜 것이다.
기쁨이란 뭐냐? 라고요?
허나 난 웃을 뿐.

기쁨이 크면 웃을 따름,
꼬치꼬치 캐묻지 말아라.
그저 웃음으로 마음이 찬다.

아주 좋은 일이 있을 때,
생색이 나고 활기가 나고
하늘마저 다정한 누님 같다.

꽃은 훈장

꽃은 훈장이다.
하느님이 인류에게 내리신 훈장이다.
산야에 피어 있는 꽃의 아름다움.

사람은 때로 꽃을 따서 가슴에 단다.
훈장이니까 할 수 없는 일이다.
얼마나 의젓한 일인가.

인류에게 이런 은총을 내린 하느님은
두고두고 축복되어 마땅한 일이다.
전진을 거듭하는 인류의 슬기여.

약속

한 그루의 나무도 없이
서러운 길 위에서
무엇으로 내가 서 있는가

새로운 길도 아닌
먼 길
이 길은 가도가도 황톳길인데

노을과 같이
내일과 같이
필연코 내가 무엇을 기다리고 있다.

1930(1세) 1월 19일(양력) 일본 효고[兵庫]현 히메지[姬路]에서 부父 천두용千斗用과 모母 김일선金一善 사이의 2남 2녀 중 차남으로 출생. 간산에서 국민학교를 마치고 중학교 2년 재학 중 해방을 맞음.

1945(16세) 일본에서 귀국, 마산에 정착함.

1946(17세) 마산중학 삼년에 편입함.

1949(20세) 마산중학 오년 재학 중 당시 담임교사이던 시인 김춘수의 주선으로 시 「강물」이 ≪문예≫에 추천(시인 유치환)됨.

1950(21세) 미국 통역관으로 6개월간 근무.

1951(22세) 전시 중 부산에서 서울대 상과대학 입학. 송영택, 김재섭 등과 함께 동인지 『처녀지』를 발간. ≪문예≫에 평론 「나는 거부하고 저항할 것이다」를 전재함으로써 평론활동을 시작함.

1952(23세) 시 「갈매기」가 ≪문예≫에 게재되어 추천(시인 모윤숙)이 완료됨.

1954(25세) 서울대 상과대학 수료.

1956(27세) ≪현대문학≫에 월평 집필, 이후 외국서적을 다수 번역하기도 함.

1964(35세) 김현옥 부산시장의 공보비서로 약 2년간 재직.

1967 (38세) 동백림사건에 연루되어 체포, 약 6개월간 옥고를 치름.

1971 (42세) 고문의 후유증과 심한 음주로 인한 영양실조로 거리에서 쓰러짐. 행려병자로 서울 시립 정신병원에 입원됨. 그러나 이 사실이 알려지지 않은 채 행방불명, 사망으로 추정되어 문우 민영, 성춘복 등의 노력으로 유고시집 『새』가 조광출판사에서 발간됨. 이로써 살아 있는 시인의 유고시집이 발간되는 일화를 남김.

1972 (43세) 친구 목순복의 누이동생인 목순옥睦順玉과 결혼.

1978 (49세) 시집 『주막에서』(민음사) 출간.

1984 (55세) 시집 『천상병은 천상 시인이다』(오상출판사) 출간.

1985 (56세) 천상병 문학선 『구름 손짓하며는』(도서출판문성당) 출간.

1987 (58세) 시집 『저승 가는 데도 여비가 든다면』(일선출판사) 출간.

1988 (59세) 만성간경화증으로 춘천의료원에 입원함. 의사로부터 가망이 없다는 진단을 통고받았으나 기적적으로 소생.

1989 (60세) 삼인三人 시집 『도적놈 셋이서』(도서출판인의) 출간. 시선집 『귀천』(도서출판살림) 출간.

1990 (61세) 산문집 『괜찮다 괜찮다 다 괜찮다』(도서출판
강천) 출간.

1991 (62세) 시선집 『아름다운 이 세상 소풍 끝내는 날』(미
래사) 출간. 시집 『요놈 요놈 요 이쁜놈』(도서
출판답게) 출간.

1993 (64세) 동화집 『나는 할아버지다 요놈들아』(민음사)
출간. 시집 『새』(도서출판답게) 번각 출판.
4월 28일 오전 11시 20분 의정부의료원에서
숙환으로 별세.
유고시집 『나 하늘로 돌아가네』(도서출판청산)
출간.

〖한국대표명시선100〗을 펴내며

　한국 현대시 100년의 금자탑은 장엄하다. 오랜 역사와 더불어 꽃피워온 얼·말·글의 새벽을 열었고 외세의 침략으로 역경과 수난 속에서도 모국어의 활화산은 더욱 불길을 뿜어 세계문학 속에 한국시의 참모습을 드러내게 되었다.

　이 나라는 글의 나라였고 이 겨레는 시의 겨레였다. 글로 사직을 지키고 시로 살림하며 노래로 산과 물을 감싸왔다. 오늘 높아져 가는 겨레의 위상과 자존의 바탕에도 모국어의 위대한 용암이 들끓고 있음이다.

　이제 우리는 이 땅의 시인들이 척박한 시대를 피땀으로 경작해온 풍성한 시의 수확을 먼 미래의 자손들에게까지 누리고 살 양식으로 공급하는 곳간을 여는 일에 나서야 할 때임을 깨닫고 서두르는 것이다.

　일찍이 만해는 「님의 침묵」으로 빼앗긴 나라를 되찾고 잃어가는 민족정신을 일으켜 세우는 밑거름으로 삼았으며 그 기룸의 뜻은 높은 뫼로 솟아오르고 너른 바다로 뻗어 나가고 있다.

　만해가 시를 최초로 활자화한 것은 옥중시 「무궁화를 심고자」(≪개벽≫ 27호 1922.9)였다. 만해사상실천선양회는 그 아흔 돌을 맞아 만해의 시정신을 기리는 일의 하나로 ‘한국대표명시선100’을 펴내게 된 것이다.

　이로써 시인들은 더욱 붓을 가다듬어 후세에 길이 남을 명편들을 낳는 일에 나서게 될 것이고, 이 겨레는 이 크나큰 모국어의 축복을 길이 가슴에 새겨나갈 것이다.

만해사상실천선양회

한국대표명시선100 | **천 상 병**

나 하늘로 돌아가리라

1판1쇄 발행 2013년 5월 10일
1판5쇄 발행 2022년 11월 17일

지 은 이 천 상 병
뽑 은 이 만해사상실천선양회
펴 낸 이 이 창 섭
펴 낸 곳 **시인생각**
등 록 번 호 제2012-000007호(2012.7.6)
주   소 고양시 일산동구 호수로 688. A-419호
          ㉾10364
전   화 050-5552-2222
팩   스 (031)812-5121
이 메 일 lkb4000@hanmail.net

값 6,000원

I S B N   978-89-98047-40-5 03810

※ 이 책은 만해사상실천선양회의 지원으로 간행되었습니다.